# TYPISCH 1964

## DER BESTE JAHRGANG

Wartberg Verlag

**Impressum**

1. Auflage 2023


34281 Gudensberg-Gleichen
Im Wiesental 1
Telefon: 056 03/9 30 50
www.wartberg-verlag.de



Redaktion: Wartberg Verlag, Dörte Rienäcker
Gestaltung und Satz: r2 | Ravenstein, Verden
Druck und Bindung: optimal media GmbH, Röbel an der Müritz

ISBN: 978-3-8313-3664-7

VON

Familie

Benn

FÜR

Frank

# 1964 – DAS WAR LOS!

- Zwei britische Bands revolutionieren die Musikwelt und bringen Fans zum Kreischen: die **Beatles** und die **Rolling Stones**.
- Mary Quants **Minirock** erobert Deutschland und spaltet die Nation.
- In Innsbruck finden die Olympischen Winterspiele und in Tokio die Sommerspiele statt. Letztmalig tritt eine **gesamtdeutsche Mannschaft** aus Ost und West an.
- Unser Bundeskanzler ist **Ludwig Erhard** (CDU).
- Aus der ersten Saison der Fußballbundesliga geht der 1. FC Köln als Deutscher Meister hervor.

Beatles

Rolling Stones

# WIR 1964ER

Baby-Boom auf dem Höhepunkt: **1357304 Kinder** werden im Jahr 1964 in Deutschland geboren.

# SO HEISSEN WIR

Diese Vornamen geben uns unsere Eltern am liebsten:

## MÄDCHEN

**Sabine**
**Susanne**
**Martina**
**Andrea**
**Petra**
**Claudia**
**Birgit**
**Heike**
**Anja**
**Kerstin**

## JUNGEN

**Thomas**
**Michael**
**Andreas**
**Stefan**
**Frank**
**Torsten**
**Ralf**
**Peter**
**Matthias**
**Jens**

# 64ER PROMIS

## IM GLEICHEN JAHR WIE WIR ERBLICKEN AUCH SIE DAS LICHT DER WELT:

Henry Maske (6. 1.)
Nicolas Cage (7. 1.)
Jeff Bezos (12. 1.)
Juliette Binoche (9. 3.)
H. P. Baxxter (16. 3.)
Lenny Kravitz (26. 5.)
Caroline Link (2. 6.)
Sandra Bullock (26. 7.)
Jürgen Klinsmann (30. 7.)
Jan Josef Liefers (8. 8.)
Martina Gedeck (14. 9.)
Hape Kerkeling (9. 12.)
Johannes B. Kerner (9. 12.)
Ben Becker (19. 12.)
Heike Drechsler (16. 12.)

Jan Josef Liefers

Juliette Binoche

Sandra Bullock

H. P. Baxxter

# SPIELKINDER

## DAS DARF IN UNSEREN KINDERZIMMERN NICHT FEHLEN:

- Timpo-Toys
- Indianerzelt
- Kasperletheater
- Barbiepuppe
- Big Jim
- Modellautos von Schuco, Siku, Wiking
- Klick-Klack-Kugeln
- Quartett

# BAUBOOM
## IM KINDERZIMMER

**WIR SIND DIE KONSTRUKTEURE UND BAUMEISTER VON MORGEN:**

- Bauklötze
- Ministeck
- Lego
- Fischertechnik
- Stabilbaukasten
- Plasticant
- Baufix
- Metallbaukasten von Trix oder Märklin
- Faller Rennbahn

ministeck
ENGELCHEN &
TEUFELCHEN

# IMMER IN BEWEGUNG

## MEISTENS TOBEN WIR DRAUSSEN HERUM – AM LIEBSTEN MIT:

- Dreirad
- Tretroller
- Hula-Hoop
- Stelzen
- Springseil
- Gummitwist
- Rollschuhen
- Fußball
- Kettcar
- Bonanza-Rad
- Klapprad

# DIE SCHULE HAT UNS

## AUSGESTATTET SIND WIR MIT:

- **Lederranzen** in Braun oder Rot mit Steckverschluss und manchmal **Katzenaugen**
- **Federmäppchen** aus Leder inklusive Pelikan- oder Geha-Füller, Buntstiften und Wachsmalern
- Pausenbrot in **Butterbrotpapier** eingewickelt – die **Pausenmilch** im Tetra Pak gibt's beim Hausmeister!

## UND BEKLEIDET SIND WIR VORZUGSWEISE MIT:

- **kurzer Lederhose** oder **Bügelfaltenhose**
- **Rollkragenpulli** oder **Hemd**
- **Faltenrock** oder **Karokleid**
- weißen **Kniestrümpfen** oder **Strumpfhosen**

Pelikan

Pelikanol flüssig
3
Zeichenblock
2
Dieser hat viel weiße Bogen,
alle noch ganz neu und glatt
und auf Pappe aufgezogen.
Gut, daß Peli Farben hat.
Tusche
3
Nakiplast
3
Jetzt fragst Du mich sicherlich: Wieso,
denn noch bin ich ziemlich klein.
Das ist noch nicht alles, ich hab' irgendwo
auch noch ein ganz kleines Schwein.

# FESSELNDER LESESTOFF

## WIR SIND VERRÜCKT NACH DIESEN COMICS UND BÜCHERN:

- Pixi-Bücher
- Mecki
- Salamander
- Micky Maus
- Yps
- Zack
- Fix und Foxi
- Tim und Struppi
- Asterix und Obelix
- Hanni und Nanni
- Heidi
- Dolly
- Fünf Freunde
- Die drei ???
- Karl May

# ZUCKERMÄULCHEN

## WIR LIEBEN ALLES, WAS SÜSS IST – SELBST DIE ZAHNPASTA:

- Ahoi Brausepulver
- Leckmuscheln
- PEZ-Bonbons
- Liebesperlen
- Lutscher in Kreiselform
- Goldnüsse
- Nappo
- Erfrischungsstäbchen
- Capri-Sonne
- Sunkist
- Tri-Top
- Lift, Cola, Fanta, Sinalco
- Eis am Stiel
- Blendi

Blendi
Blendi
Eine Zahnpasta mit Fruchtgeschmack für Kinder
Faden hier aufreissen - frisches Wasser einfüllen
Frigeo
Becher Brause
unter Verwendung von Zucker mit künstlichem Süßstoff hergestellt
"Schon probiert?"
Domino
Capri
JA-
eine köstliche Auswahl
Langnese Eiskrem
Hobby
Neu
Nuß-Vanille
Cocktail
Happen
TRI-TOP
ANANAS
mischt man 1+4
ergibt 5 Flaschen
LIMONADEN-GRUNDSTOFF
TRI-TOP
MANDARINE
mischt man 1+4
ergibt 5 Flaschen
LIMONADEN-GRUNDSTOFF
SPRENGEL
Mit lustigem Sprengel-Motiv zum Aufbügeln!
Flüssig gefüllt
Erfrischungs-Stäbchen
SPRENGEL

Pan Tau

**ARD** und **ZDF**
sind auf Sendung, natürlich
noch in **Schwarz-Weiß.**

# ZWEI PROGRAMME

## FÜR UNS KINDER IST DAS ANGEBOT ÜBERSCHAUBAR:

- Augsburger Puppenkiste
- Sandmännchen
- Flipper
- Lassie
- Daktari
- Skippy, das Buschkänguru
- Ein Platz für Tiere
- Die kleinen Strolche
- Pan Tau
- Calimero

Ein Platz für Tiere

Flipper

# BIS ZUM SENDESCHLUSS

Das Fernsehen gibt's ab 1967 auch **in Farbe!**

## ALS TEENS BEGEISTERN UNS FAMILIEN-SHOWS UND MUSIKSENDUNGEN:

- **Der Große Preis**
- **Am laufenden Band**
- **Dalli Dalli**
- **Auf los geht's los**
- **Musikladen**
- **ZDF-Hitparade**
- **Disco**
- **Talentschuppen**

Disco

Am laufenden Band

Bonanza

# WILDWEST UND WELTALL

## AUF KEINEN FALL DÜRFEN WIR UNSERE LIEBLINGSSERIEN VERPASSEN:

- Die Waltons
- Bonanza
- Rauchende Colts
- Winnetou
- Raumpatrouille Orion
- Raumschiff Enterprise
- Drei Engel für Charlie
- Starsky & Hutch
- Väter der Klamotte
- Dick und Doof
- Mit Schirm, Charme und Melone
- Catweazle
- Dallas

Raumschiff Enterprise

# VORHANG AUF!

## DAS KINO LOCKT MIT ZEICHENTRICK UND SLAPSTICK:

- **Robin Hood** (1974)
- **Schneewittchen und die sieben Zwerge** (1975)
- **Susi und Strolch** (1975)
- **Asterix erobert Rom** (1976)
- **Die Schlümpfe und die Zauberflöte** (1976)
- **Bernhard und Bianca** (1977)
- **Zwei außer Rand und Band** Bud Spencer und Terrence Hill (1977)

Zwei außer Rand und Band

Asterix erobert Rom

Blues Brothers

# ECHTE FILMLEGENDEN

## ALS TEENAGER DÜRFEN WIR DIESE STREIFEN NICHT VERPASSEN:

- **Rocky Horror Picture Show** (1977)
- **Grease** (1978)
- **Das Leben des Brian** (1979)
- **Blues Brothers** (1980)
- **Christiane F. – Wir Kinder vom Bahnhof Zoo** (1981)
- **Das Boot** (1981)
- **E.T. – Der Außerirdische** (1982)

E.T. – Der Außerirdische

# SPONTISPRÜCHE

**ÜBERALL ZU FINDEN – AN HAUSWÄNDEN, AUF DER SCHULTOILETTE ODER AUF DEM PARKA:**

Macht **KAPUTT,** was euch **KAPUTT** macht.

Keine **MACHT** für niemand!

Arbeitskraft? **Nein danke.**

Wissen ist Macht. **WIR WISSEN NICHTS.** Macht nichts.

PETTING STATT PERSHING
ICH GEH KAPUTT — Gehst du mit?
Stell dir vor, es ist KRIEG, und keiner geht hin.
Besser arm dran als Arm ab!
Du hast keine Chance, aber nutze sie!
LEGAL, ILLEGAL, SCHEISSEGAL.

pitch adj.
memo-repeat
Stereo
Mono
Dolby
Nr.
60
2
BASF
chromdioxid
PHILIPS
MADE IN AUSTRIA
index
1
C-60
low noise
Compact Cassette
SONY
WALKMAN

# ANALOGE TECHNIK

## DIESE TECHNISCHEN GERÄTE STEHEN AUF UNSERER WUNSCHLISTE:

- Kassettenrekorder
- Plattenspieler
- Stereoanlage
- Pocketkamera „Ritsch-Ratsch-Klick“
- Polaroid Sofortbildkamera
- Walkman

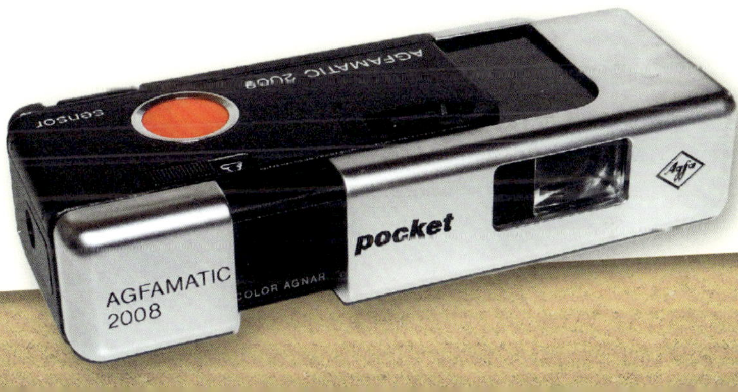

# MODISCH DURCH DIE 70ER

## UNSERE MODE IST BUNT UND SCHRILL:

- Schlaghose
- Rolli
- Nicki
- Pullunder
- Dufflecoat
- Hotpants
- Minirock
- Maxirock
- Tailliertes **Hemd**
- Lange **Kragenspitzen**
- **Plateauschuhe**
- Große **Sonnenbrille**
- **Knallige Farben** und **Muster**

# DER STYLE DER 80ER

## DIE UMWELT- UND FRIEDENSBEWEGUNG PRÄGT UNSERE MODE:

- **Markenjeans** (Wrangler, Levi'S)
- **Norwegerpulli** (selbst gestrickt)
- **Latzhose**
- **Lila** gefärbte Kleidung
- **Gestreifte Hose**
- **Palästinensertuch**
- **Clogs**
- **Entenschuhe**
- **Turnschuhe**
- **Parka**
- **Nickelbrille**
- **Dauerwelle**

# DREH DIE MUSIK LAUTER!

## DIE GRÖSSTEN HITS UND STARS UNSERER JUGEND:

**ABBA:** S.O.S.; Waterloo; Money, Money, Money; Fernando; Super Trouper ...

**Boney M.:** Daddy Cool; Ma Baker; Rivers Of Babylon; Rasputin; El Lute ...

**Baccara:** Yes Sir, I Can Boogie; Sorry I'm A Lady

**Bonnie Tyler:** Lost In France; It's A Heartache

**Smokie:** Living Next Door To Alice, Lay Back In The Arms Of Someone

**The Bee Gees:** Stayin' Alive; Night Fever

**Queen:** We Are The Champions

**Bay City Rollers:** Bye, Bye, Baby

**Blondie:** Heart Of Glass

**Dschinghis Khan:** Dschinghis Khan; Moskau

**Sweet:** Co-co, Fox On The Run

**Fleetwood Mac:** Go Your Own Way, Tusk

**Rolling Stones:** Satisfaction; Angie

**Kiss:** I Was Made For Lovin' You

**Pink Floyd:** Another Brick In The Wall

**Kim Wilde:** Kids In America

**Visage:** Fade To Grey

**Jeanette:** Porque Te Vas

**Ottawan:** D.I.S.C.O.; Hands Up

**Village People:** Y.M.C.A.

**Uriah Heep:** Lady In Black

**Hiroshima:** Wishful Thinking

**David Bowie:** Heroes

**The Police:** Roxanne

**AC/DC:** Highway To Hell

**Sex Pistols:** Anarchy In The UK

**Supertramp:** The Logical Song

**Soft Cell:** Tainted Love

**Plastic Bertrand:** Ça Plane Pour Moi

**Phil Collins:** In The Air Tonight

**John Travolta & Olivia Newton-John:** You're The One That I Want

**Wings:** Mull Of Kintyre

**M:** Pop Muzik

**Suzi Quatro:** If You Can't Give Me Love

**Art Garfunkel:** Bright Eyes

**Frank Zappa:** Bobby Brown

# WIR GEBEN GAS!

**DEN GRAUEN LAPPEN IN DEN HÄNDEN, EROBERN WIR DIE WELT MIT:**

- **Hercules**
- **Puch**
- **Kreidler Florett**
- **Zündapp**
- **Velosolex/Solex**
- **Ciao** (Piaggo)
- **VW Käfer**
- **Ente** (Citroën 2CV)
- **R4** (Renault 4)
- **VW Bulli**

# CHRONIK 1964-1982

## DIE WICHTIGSTEN EREIGNISSE IN UNSERER KINDHEIT UND JUGEND:

**1964 – Unterirdisch:**
57 DDR-Bürgern gelingt die Flucht von Ost- nach Westberlin durch einen Tunnel.

**1965 – Kurz und knapp:**
Die britische Designerin Mary Quandt revolutioniert die Modewelt mit dem Minirock.

**1966 – Wembley:**
Das umstrittene Tor im Londoner Stadion führt England im Spiel gegen Deutschland zum Weltmeistertitel.

**1967 – Bunt:**
Das Fernsehprogramm wird farbig, sofern man ein Farbfernsehgerät besitzt.

**1968 – Studentenrevolte:**
In Deutschland erschüttern Unruhen und Proteste Staat und Gesellschaft.

**1969 – Mann im Mond:**
Erstmals betreten mit den US-Astronauten Neil Armstrong und Edwin Aldrin Menschen den Mond.

**1970 – Ost-West-Annäherung:**
Bundeskanzler Willy Brandt leitet eine neue Ostpolitik der Entspannung ein.

**1971 – Umweltschutz:**
Greenpeace startet seine erste Protestaktion gegen amerikanische Atombombenversuche.

**1972 – „The games must go on":**
Die Olympischen Spiele in München werden von einem tödlichen Attentat auf israelische Sportler durch palästinensische Terroristen überschattet.

**1973 – Autofrei:**
Die Erdölkrise führt zu autofreien Sonntagen in Deutschland.

# CHRONIK 1964-1982

**1974 – Fußballhimmel:**
Deutschland wird Fußballweltmeister im eigenen Land.

**1975 – Erwachsen:**
In Deutschland wird die Volljährigkeit von 21 auf 18 Jahre herabgesetzt.

**1976 – Personenkult:**
Mao Tse-tungs Tod bedeutet das Ende der Kulturrevolution in China.

**1977 – Deutscher Herbst:**
Mit Entführungen, Selbstmorden und Morden erreicht der RAF-Terror seinen Höhepunkt.

**1978 – Drei-Päpste-Jahr:**
Für nur 33 Tage bis zu seinem Tod ist Johannes Paul I. Nachfolger des verstorbenen Papst Paul VI. Ihm folgt Karol Wojtyla als Papst Johannes Paul II.

**1979 – Eiserne Lady:**
Margret Thatcher wird die erste britische Premierministerin und läutet eine „konservative Revolution" ein.

**1980 – Boykott:**
Nach dem Einmarsch der UdSSR in Afghanistan boykottieren die USA, die Bundesrepublik und zahlreiche weitere Staaten die Olympischen Spiele in Moskau.

**1981 – Traumhochzeit:**
Lady Di und Prinz Charles geben sich in der Londoner St. Paul's Cathedral das Jawort unter medialer Anteilnahme der ganzen Welt.

**1982 – Ara Kohl:**
Helmut Kohl (CDU) löst Helmut Schmidt (SPD) als Kanzler ab und regiert 16 Jahre die Bundesrepublik.

## Bildnachweis

**Adobe Stock:** anatchant – stock.adobe: S. 15 o.

Archive und Sammlungen: Sammlung Daniel Stroscher: Cover (l. o., l. u., r. u.), S. 11 (2), 13 u., 17 l. o., 20, 21 (7), 31 u., 37 r. o., 39 l. u. (2); Kunststoff-Museums-Verein (KMV) e. V.: S. 10 r. o.; Carlsen Verlag GmbH, Hamburg ca. 1954, Sammlung Daniel Stroscher: S. 18 l.; Privatarchiv Rickling: S. 18 r.; Privatarchiv Opitz: S. 34 o.; Bild von Emslichter auf Pixabay: S. 43.

**picture alliance:** AA | Mustafa Yalcin: S: 8 r. o.; Invision/AP | Joel C Ryan: S. 8 r. u.; APA / picturedesk.com | FLORIAN WIESER: S. 9; United Archives / IFTN: S. 26; dpa | Ipol 1188 ARC: S. 27; United Archives | kpa: S. 31 o.; Klaus Rose: S. 38.

**ullstein bild:** United Archives: Cover (3. v. r.), S. 23 u., 24, 28, 29, 30; ullstein bild: Umschlagrückseite, S. 13 l. o., 13 r. o., 14 r. u., 22, 37 l. o.; RDB / xxxx: S. 4 l.; Gert Kreutschmann: S. 4 r.; mirrorpix: S. 5, 39 r. o.; Fritz Eschen: S. 6; Spiegl: S. 8 l.; Leber: S. 10 l. o., 15; dpa: S. 23 o.; Irm Kühn: S. 14 o.; Werner OTTO: S. 17 r. o., 37 r., 39 r. u.; Oscar Poss: S. 17 l. u., 17 r. u., 19, 37 l. u.; Röhnert: S. 25; Heritage Images/Land of Lost Content: S. 36.

**Wikimedia Commons:** Stefan97, CC BY-SA 4.0, via Wikimedia Commons: Cover (2. v. l.), S. 10 u.; stuart.childs, CC BY 2.0, via Wikimedia Commons: Cover (r. o.), S. 34 l. u.; © Photo: Royal Philips: S. 4 l.; I, NobbiP, CC BY-SA 3.0, via Wikimedia Commons: S. 12; Nicola, Wikimedia Commons, CC BY-SA 4.0, via Wikimedia Commons: S. 14 l. u.; Alf van Beem, Public domain, via Wikimedia Commons: S. 16; Hans Haase, CC BY-SA 3.0, via Wikimedia Commons: S. 34 l. M.; Binarysequence, CC BY-SA 4.0, via Wikimedia Commons: S. 34 r. u.; Cherubino, CC BY-SA 3.0, via Wikimedia Commons: S. 35; Alsal65, CC BY-SA 4.0, via Wikimedia Commons: S. 42 l. o.; Bene Riobó, CC BY-SA 4.0, via Wikimedia Commons: S. 42 r. o.; Massimilianogalardi, CC BY-SA 3.0, via Wikimedia Commons: S. 42 u.

Wir danken allen Lizenzträgern für die freundliche Abdruckgenehmigung.
In Fällen, in denen es nicht gelang, Rechtsinhaber an Abbildungen zu ermitteln, bleiben Honoraransprüche gewahrt.

# BIN TRAVERLER FORM

**Cut By:** Alicia **Qty** 27 **Date** 10/26

**Scanned By:** ______ **Qty** ______ **Date** ______

**Scanned Batch ID's**

______ ______ ______

**Notes / Exceptions**

______